凌翔　夏海涛　主编

林木蔚然

林蔚然　著

北京出版集团
北京出版社

图书在版编目（CIP）数据

林木蔚然 / 林蔚然著；凌翔，夏海涛主编．—北京：北京出版社，2023.3
ISBN 978-7-200-17854-8

Ⅰ.①林… Ⅱ.①林… ②凌… ③夏… Ⅲ.①诗集—中国—当代 Ⅳ.①I227

中国国家版本馆 CIP 数据核字（2023）第036862号

林木蔚然
LINMU WEIRAN
林蔚然 著
凌翔 夏海涛 主编

出　　版　北京出版集团
　　　　　北京出版社
地　　址　北京北三环中路 6 号
邮　　编　100120
网　　址　www.bph.com.cn
发　　行　北京出版集团
印　　刷　三河市中晟雅豪印务有限公司
经　　销　新华书店
开　　本　710 毫米 ×1000 毫米　1/16
印　　张　13
字　　数　30 千字
版　　次　2023 年 3 月第 1 版
印　　次　2023 年 3 月第 1 次印刷
书　　号　ISBN 978-7-200-17854-8
定　　价　59.80 元

总　序
儿童诗的特质与价值

有不少成年诗人与文学批评家对儿童诗不以为意，认为儿童诗是“小儿科”，这种误解和偏见与许多读者（专业读者与业余读者）认为整个儿童文学都是“小儿科”一样，性质完全相同。但是，这种对于儿童诗以及整个儿童文学的误解和偏见显然是站不住脚的。试想一下，我们只要让这些人去认真地读一读安徒生的童话作品，或者去读一读普希金的童话诗篇《渔夫和金鱼的故事》这类地地道道的儿童文学作品，他们一定会被这些儿童文学作品中深刻动人的思想艺术魅力深深吸引，进而被完全折服。由此可见，对于儿童诗，我们有重新认识的必要。回到中国当代儿童诗领域，柯岩、金波、任溶溶、高洪波、樊发稼、王宜振、徐鲁、金逸铭等知名儿童诗人，均创作出了一批思想艺术品位不俗的儿童诗精品力作，令人不可小觑。

理想层面的儿童诗确实不可小觑，主要体现在它独特的艺术特质方面。简单说来，其一，儿童诗具有单纯的审美品格。在这里，单纯等同于一种纯粹、透明的审美体验，有着复杂、高深的成人诗歌所不具备的动人美感（例如唐代诗人骆宾王的《咏鹅》与孟浩然的《春晓》）。其二，儿童诗具有童真的想象力。这种童真的想象力大胆、神奇，异想天开，最接近艺术的本质，它在思维层面属于原始思维或神话思维，因而其构建的意象画面充满神话色彩或童话意味。其三，儿童诗展示出儿童特有的敏锐直觉。在许多优秀的儿童诗作品中，小诗人们对于世界本相与事物奥秘的敏锐觉悟能力让人称奇，令绝大多数成年人自愧不如。与许多陈词滥调、想象力贫乏的成人诗歌相比，儿童诗这三个方面的艺术特质称得上难能可贵，而这与儿童天真、无邪、可爱、率真、聪敏的天性和人格关系密切。在某种程度上，儿童诗较之于成人诗歌在艺术价值及精神价值上反而会略胜一筹，因为儿童诗的想象力与纯粹性整体程度上要高于成人诗歌。正是在这个意义上，马克思高度赞扬《荷马史诗》展示出"人类童年时代所表现出来的无与伦比的想象力"，而这充分说明，"童心"或"赤子之心"在诗歌创作中所蕴含的巨大的艺术与精神创造力。也正是在这个意义上，英国17世纪诗坛巨匠弥尔顿这样赞颂儿童："儿童引导成人，像晨光引导白昼"。由此可见，儿童的艺术创造天赋反而常常是优于成人的。

事实上也是如此，许多具有很高文学史地位的中国当代诗人，在其诗歌创作生涯中，都有意或无意地吸取儿童诗的艺术与思想精华，创作出了若干独具特色的儿童诗篇。现以朦胧诗人为例，梁小斌创作出了《雪白的墙》，舒婷创作出了《童话诗人》等地道的儿童诗篇，为他们的诗歌创作带来了新颖的审美情调与别样的艺术价值。

进入21世纪以来，中国儿童诗的创作进入了一个繁荣阶段（与中国当代诗歌创作的繁荣态势保持一种对应关系），出现了老中青几代儿童诗人"同台竞技"的可喜状况。尤其令人欣喜的是，近10年来，一大批儿童诗人（按照人们约定俗成的看法，14周岁以下的小诗人被视为儿童诗人）茁壮成长，他们运用儿童思维、儿童语言、儿童情趣与儿童想象，创作出了数量众多、质量优异的本色化儿童诗篇，这些诗篇艺术想象力出神入化，语言意象单纯自然，表现技巧圆润纯熟，思想意识深刻卓越，是超越了许多成年儿童诗人的创作水准的。小诗人们在儿童诗创作上的集中暴发与后来居上的可喜态势，预示着未来中国儿童诗良好的创作和发展前景，令人无限期待。

这次，凌翔、夏海涛两位先生主编了一套非常别致的诗丛，集中推出夏圣修的《雪是冬天的勋章》、李泽慧的《另一朵花开》、林蔚然的《林木蔚然》、孙嘉翌的《隐身》、朵朵的《回到地面》、黄豆逗的《天空停车场》、戴子岚的《我和四季有个约会》等多位年轻诗人的诗集。从这些题材丰富的儿童诗集中，我们可以鲜明地感受到这批诗人整体上展示出来的非凡创作天赋和巨大艺术潜力：他们共同拥有出色的、丰富的、童真的想象力，又各具特色。简单而论，夏圣修诗歌中的想象充满奇思妙想，修辞手法娴熟，功底扎实；李泽慧诗歌中的想象展现出理性的品质，作者观察冷静，表达精准而节制；林蔚然诗歌中的想象与现实关怀精神有机融合在一起，抒情气息浓郁，风格比较空灵；孙嘉翌诗歌中的想象则充满魔幻色彩，语言表达生动传神，风格幽默而机智，令人印象深刻；朵朵的诗有一种神秘而幽玄的洞见，在幼小的心灵里，过早地体验了成年的痛楚；黄豆逗的诗有神奇的拟物和角色互换，生动烂漫；戴子岚的诗则清纯又多彩，描述了童话般的自然与生活。

在此，衷心期望上述几位年轻诗人在诗歌创作的道路上执着地坚持下去，在保持自己独特艺术优势的同时，还应虚心从优秀的前辈与长辈诗人们那里汲取思想与艺术营养，努力让自己从一位小诗人成长为一位大诗人。

是为序。

谭五昌

2020年11月20日凌晨5点18分写于北京京师园

谭五昌，江西永新人，北京大学文学博士，海内外具有广泛影响力的诗歌评论家，现任北京师范大学中国当代新诗研究中心主任。已出版《20世纪中国新诗中的死亡想象》、《中国新诗排行榜》、《青年诗歌年鉴》、《“我们”散文诗群研究》、《在北师大课堂讲诗》（五卷本）等学术著作及诗歌类著作30余种。近年来，担任徐志摩诗歌奖、闻一多诗歌奖、海子诗歌奖、昌耀诗歌奖等国内重要诗歌奖项的评委与负责人。

序
写诗其实是在玩游戏

不少小朋友问我：写诗难不难？写诗好玩吗？我说，写诗并不难，写诗其实就是玩游戏，很好玩。

文字是什么？我们说，文字是一些流浪的孩子。写诗，就是为这些流浪的孩子盖幢小屋，使他们有一个温暖的家。盖这幢小屋难吗？不难。你看，福建省莆田市涵江区实验小学二年级的学生林蔚然，已经写了100余首诗，他已经为这些流浪的孩子，盖了100多幢小屋，使这些流浪的孩子有了一个新家。林蔚然才上二年级，认识的字并不多，可他很聪明，他能像玩珠子一样来玩汉字。这些汉字都乖乖地听从他的指挥，按一定的顺序排成队，这就排出一首诗来啦！写诗，其实就是玩游戏。我相信，每个小朋友都会玩，而且越玩越上瘾。它的魔力，不亚于网络游戏呢！

小朋友为什么会玩诗？因为他们是天生的诗人，他们具有一颗童心。童心是什么？童心就是诗。正是这颗童心，使小朋友离诗很近，离诗意很近。你看，一片小小的树叶，在大人看来平平常常，似乎很难发现其中的诗意。林蔚然同学就不一样，在他看来，树叶不再是树叶，而是鸟宝宝的被子、七星瓢虫的遮阳伞、小兔子的眼罩和画板上的春天。小蔚然这样一变，就变出诗来啦，就变出诗意来啦！许多大人对这个世界毫无新奇感，而小朋友却不同，小朋友对这个世界充满兴趣，每天都活在对所有事物的想象之中。小朋友最会想象，总是想到什么就说出什么、写出什么。我们的大教育家孔子，在编完中国第一部诗歌总集《诗经》后就感慨："诗三百，一言以蔽之，曰：'思无邪'。""思无邪"是什么意思？"思"就是感觉，"无邪"就是童心。小朋友活在"思无邪"中，就是活在"童心"中，活在"诗"中。我要说，诗就在你们身边，只要你们去找寻、去发现就可以了！

那么，怎样去找寻、去发现呢？我们说，要有一双善于发现诗的眼睛。人常说，眼睛是心灵的窗户。发现诗的眼睛，就是心灵的那扇窗。我们说，人有五种感觉器官：眼、耳、鼻、舌、身（皮肤）。因而人就有了五觉：视觉、听觉、嗅觉、味觉和触觉。诗人除了五觉外，还有第六感觉，即心觉。心觉把人带到一个意想不到的地方，带进一个诗的世界。这个心觉是什么呢？它就是诗人的第三只眼睛，也就是能发现诗的眼睛。诗人林蔚然就是拥有第三只眼睛的人，他的《口袋》《晒被子》《哭着哭着就笑了》等诗，都是他用第三只眼睛观察到的，也就是用心觉感觉到的。

我愿每一个爱诗的小诗人，都拥有这样的第三只眼睛。

王宜振

2018 年 4 月 3 日写于西安

王宜振，著名诗人，中国作家协会会员。曾任中国作家协会儿童文学委员会委员，中国儿童文学研究会诗歌教育委员会执行主任，享受国务院特殊津贴，被诸多评论家誉为"中国当代儿童诗的第三座艺术高峰"。

目　录

第二辑　画鱼

第三辑　黄昏的皮影

第四辑　夜行九鲤湖

第一辑　大叶榕的树叶落了

熊　猫

黑夜给了
熊猫
黑色的眼睛
它却用来
装装可爱

2016-2-12

台风天的云

台风天的云
不似平时
在空中
悠闲地
散步
他们在举行
跑步比赛
他们你追我赶
互不相让
这场比赛的
起点是
太阳公公的家
终点是
我们的梦乡

2016-6-29

我爱你

妈妈　我爱你
比八大行星还要大
妈妈　我爱你
比喜马拉雅山还要高
妈妈　我爱你
比火山的岩浆还要热
妈妈　我爱你
比傻瓜还要傻

2016-9-20

冬天的信

冬天
用雪花
作为信纸
给朋友们写信
信上写着
冬天快过去了
春天要来到了

腊梅收到信后
开心地笑了
因为她知道
她不再孤单
百花将要开放

2016–12–20

新年的信

清晨
太阳公公
在我的飘窗
投下一片日光
那是他寄给
我的新年的
第一封信

2017-1-1

写给小牛

一年前的春天
我坐着爸爸的车
离开小坝村
我朝你挥挥手
你对我摇摇头
长长的“哞”的一声
那是你在与我告别

十年后的春天
我会自己开着车
去小坝村见你
那时
你成了大牛
我成了大朋友
你记得我也好
不记得也没关系

我会带着
溪中的那块鹅卵石
那是我们
相识的印记

2017-1-22

大叶榕的树叶落了

大叶榕的树叶落了

小鸟捡起一片树叶
说这是我宝宝的被子

七星瓢虫捡起一片树叶
说这是我的遮阳伞

小兔子捡起一片树叶
说这是我午睡时的眼罩

我捡起一片树叶
说这是我画板上的春天

2017-3-16

蝴　蝶

教室里
飞来一只
花蝴蝶
绿色的翅膀
黄色的小点
我们看它
翩翩起舞
它听我们
琅琅读书

2017-5-22

妈妈的笑容

妈妈的笑容
是倒映在水中
的彩虹
我希望　天天
都能下起太阳雨
那样彩虹
就不会消失
妈妈的笑容
就不会停滞

2017 年母亲节

雨天的车窗

雨天的车窗
是一块
会跑步的画板
我画下
绚烂的光影
来装饰
妈妈的名字

2017-6-2

两个世界

我们的屋子
连接着
两个世界
屋前
人潮涌动
车水马龙
屋后
绿树青山
鸟鸣花香

这是两个
不同的世界
一个热闹
一个安静
但是
我都一样喜欢
因为

两个世界
都有太阳
有月光
还有我们

2017–6–10

我会变

孙悟空会
七十二般变化
我也会
不信你看
我一哭
就变成单眼皮
我一眨眼
又变回双眼皮
不过不管
我怎么变
我还是我
那个
调皮而
可爱的
我

2017-6-13

口　袋

我有一个
超级大的
口袋
可以装得下
一个超级大的
玩具球
我的名字叫星空
我的玩具球
是地球

2017-6-14

过马路

下雨天
狗狗和我们
并排站着
我告诉它
这是小汽车
这是红绿灯
这是斑马线
狗狗看看我
冲我点点头
学着我们
过马路

2017-6-15

汽车的家

清晨的街道
车来车往

有的车一尘不染
它昨晚一定住在
温暖的车库里

有的车挂着昨夜的
小雨滴　它的家
一定在马路边

有的车铺着落花
昨晚它一定睡在
一片美丽的花树下

2017-6-15

船

荷叶是
荷花的小船
小船在水里
随风漂荡
荷花在船上
甜甜地笑

2017-6-18

凤凰花开

一定是夏天
这个调皮的孩子
把阳光当成
好玩的颜料
把凤凰树涂得
火红火红的

2017-6-18

生　气

妈妈说我
生气时
就像火山
爆发
我说还好
不像彗星
撞上地球
否则
地球将要
化为灰烬

2017-6-18

老　虎

我惹爸爸生气了
爸爸变成老虎
大声吼
我变成狮子
哇哇哭
但是
和人们认为的一样
狮子最终
败给了老虎

2017-6-18

六月的风

六月的风
穿起了隐身衣
和我们捉迷藏
但是我能找到他

不信　你瞧
水面泛起了涟漪
那是他在嬉戏
不信　你听
河流哗哗地流淌
那是他在歌唱

而当空气中
弥漫着花草的香气
我猜那一定是
他在呼吸

2017-7-1

月亮和典典

我沿着
七彩天梯
爬出了地球
月亮问
你来做什么
我说
我来带你
去地球玩耍
月亮说
你好　地球人
我说我的名字
叫典典

2017–7–3

宝 藏

我和丹丹
在树下
挖了一个洞
埋下了
只有我们
知道的宝藏
我们用
石头和树枝
给蚂蚁
搭了一把长椅
还用树叶
做了柔软的靠垫
我们请它们
当我们的护宝员

2017-7-4

七　月

晴空蔚蓝
朝云如山
我们
静静地
坐在阳台
看着风
载着花香
驶过
每一个角落

2017-7-6

暑假的一天

八点的煎蛋
叫我起床
九点的火龙果
让我画画
十七点的冰淇淋
喊我跑步
二十二点的牛奶
劝我睡觉

2017-7-6

小船的梦想

小船的梦想
是去远方
旅行
天空的斑斓
是它梦想的
颜色

2017-7-7

晚　霞

白云
是天空
的浪花
晚霞
是它们
嬉戏的
金色沙滩

2017-7-12

哭着哭着就笑了

我哭着哭着
就笑了
因为我想到
中午的饭菜
是香的
傍晚的点心
是甜的
天空的太阳
是明亮的
夜晚的月光
是皎洁的
每一个
不快乐的时刻
都不应该是我的

2017-7-13

失眠的夜晚

那个失眠的夜晚
发着高烧的我
看着天空
不断地变脸
紫色　普鲁士蓝　群青
深蓝　海蓝　湖蓝
最后变成了天蓝色

2017-7-15

痕迹

天空有飞机
飞过的痕迹
但飞机
还没有飞过

2017-7-16

树叶书签

妈妈的树叶书签
有糖果的香味
它一定是生长在
一棵长满糖果的树上

2017-7-21

云南三首

（一）

普者黑

普者黑
鱼虾满塘
的地方
那里的山
小巧玲珑
那里的水
清澈透明
那里的马车
嗒嗒嗒嗒
那里的牛群
哞哞哞哞
还有飞鸟
从头顶掠过
翅膀闪耀着

五彩的光芒

（二）
骑马

茶马古道的马
精通四种语言
我跟它说话
它翘起耳朵
认真倾听
我说快走快走
它就开始走路
我说 Come on baby
它就开始提速
我边拉缰绳边说“吁——”
它就停了下来
可是它会的摩梭语
我却一句也不会

（三）
有趣的丽江

丽江粑粑并不是
真粑粑　而是
好吃的馅饼

胖金哥并不一定是
大胖子　它只是
纳西未婚男子的别称
拉市海并没有海
它只是一个高原湖泊
只有蓝月谷跟我想象的一样
那里真的有一弯
蓝蓝的月亮

2017–8–7

飞行三首

（一）

隧道

云层是
天空中的隧道
它和地面上的
隧道一样
隔断了我们的
视野
我们看不见
大地的脸
看不见
高山河流
森林草原
两种隧道又不一样
天空中的隧道
有棉花糖的松软

地面上的隧道
有巧克力的神秘

2017-8-8

（二）
乌云

乌云是
天空中的屋子
因为里面
有水有电

2017-8-8

（三）
从昆明到厦门

从昆明到厦门
从夕阳西下到星光满天
从白色椰汁到黑色香菇
从散乱的拼图到一幅
完整的图画

我们
飞过蜿蜒的群山
飞过广阔的大海
飞过绚丽多姿的晚霞
飞过灯火璀璨的城市

两小时四十五分钟
时间很长
对我来说却很短

2017-8-15

云　顶

妈妈说
在云顶可以
枕一片花海或草地
再盖着天空的蔚蓝
可是
台风天的云顶
不见了
花海草地和天空
只有无边的迷雾
耳畔呼呼的风
和拉着我的爸爸的大手

2017-9-30

巷口的猫

夕阳巷口的那只花猫
“恋恋不舍”地送别它的主人
直到她的背影
消失在街角
然后转身绕过主人
特地为它准备的猫粮
钻进小门
爬上桌子
把主人的晚餐当猫粮
把门口的那碗猫粮
留给它的主人当晚餐

2017-10-18

行走的树

三棵树手挽手
在雨中行走
他们高昂着头
灰色的苍穹像碗
盛满凉意的枝干
仍旧是蓊蓊郁郁
的青翠

2017-10-19

秋 声

秋的声音是果实
成熟落地的咚咚
秋的声音是黄叶
告别大树的沙沙
秋的声音是
大雁在长空啁啾
秋虫在草丛呢喃
秋的声音是
稻谷在田间欢唱
松籁在风中悠扬
秋的声音在
大自然的耳朵里

2017-10-22

叮叮的梦

叮叮在一片
荷叶上酣眠
伴着荷香和甜甜的梦
梦里
我骑着竹蜻蜓
飞向蓝天
采下许多云朵
做她最爱的
糖葫芦和棉花糖

2017-11-9

牡　丹

牡丹是个
不听话的孩子
武则天让百花
在冬天开放
只有她不听
然后
她被赶到了洛阳
但是我知道
她不后悔
因为有时候
不被动听话的孩子
才是好孩子

2017-12-19

妈妈的拥抱

我伤心
哭泣的时候
只有妈妈走过来
拥抱我
那一瞬间
冬天变成了夏天

2017-12-19

最好的工作

我长大后
想成为圣诞老人
一年只需要工作
一个晚上
有大把的时间
可以玩耍
最重要的是
他有个魔法袋
可以变出
全世界小朋友
渴望的礼物
这是最清闲又
最有意义的工作

2017-12-19

外星人

为什么
人们认为
外星人
一定长得很奇怪
说不定他们
和我们人类很像

2017–12–30

第二辑　画鱼

滑 梯

星星们喜欢
乘着滑梯
来人间玩耍
那些参天大树啊
就是它们的滑梯

2018-1-2

晒被子

天空把受潮的
白云被子
挂在山头晾晒
没想到
山调皮地
伸了个懒腰
被子一下子
滑落到了
半山腰

2018-1-7

快　乐

花开了
蜜蜂快乐
牙签鸟来了
鳄鱼快乐
我种了
一棵小树
小树快乐
妈妈给我
买了块蛋糕
蛋糕也快乐

2018–1–21

镜子和阳光

镜子说
阳光你别走啊
阳光说
你身上太亮了
如果我还不走
我的眼睛就要瞎了

2018–1–28

渺 小

蚂蚁只知道天空
和天空中的白云
却不知道
天空之外还有天空

人类嘲笑着蚂蚁的
无知和渺小
却也只知道宇宙
和宇宙中的星球
他们并不知道
宇宙之外还有宇宙

2018–1–31

宇 宙

宇宙就如人的大脑
星球是大脑中的细胞
人类总是很自大
却不知道住在这个
大脑里　比微生物
还渺小

2018-1-31

画　鱼

我在海滩上
画了几条鱼
一个浪花打来
鱼儿不见了
它们跟着浪花
回到了大海
那里才是家

2018-2-4

秘　密

我把秘密
告诉蒲公英
蒲公英带着
我的秘密
四处旅行
我的秘密
就成了传说

2018-2-6

霍　童

行走在霍童的街头
如同行走在涵江的小巷
只是手甲的煎包
换成了可口的肉丸
小鸟在筑巢
蜘蛛在织网
蜈蚣草给木门
编织了一顶大帽子
线狮咧着嘴
对着我歪头憨笑
蝴蝶在小镇的梦中穿梭
我在蝴蝶的梦中行走

2018–2–16

河　流

蜿蜒曲折的河流
是一首读不懂的朦胧诗
河底藏着大地的注释
只要河流不干涸
它就能永远神秘

2018-3-21

油菜花田

春天在这里下过
一场金色的雨
金色的雨落在地上
变成金色的海洋
蜜蜂和蝴蝶
在海洋里学鱼儿游泳
金色的浪花
打湿了它们的翅膀

2018-3-22

局　限

人没有鸟的翅膀
却可以飞上蓝天
人没有鱼的尾鳍
却可以深潜海底
但是人却造不出
另一个地球

2018-4-12

东圳水库

山围着水
水围着岛
岛上住着
树木和小草

2018-4-20

错 过

错过星空
你还可以遇见
第二天的朝霞
错过圣诞节的礼物
你还可以遇见
六一节的狂欢

2018-4-25

母亲节

去年的母亲节
我写了首诗给妈妈
今年的母亲节
我煮了碗紫菜蛋汤

诗歌和紫菜蛋汤
都是妈妈喜欢的

2018 母亲节

较　量

天空中的龙
舞着爪　摆着尾
地上的狮子
龇着牙　咧着嘴
双方摆好阵势
但又无法靠近
谁都不想认输
王者只有一个

对视了许久
龙说
原来你是
一头石头做的假狮子
狮子说
你也不过是
一条白云变的假龙

2018-5-19

融 化

乌云
被光
融化了

2018-5-20

笑

我的笑
如蛋清
蓦然你就
白发苍苍

2018-5-21

岁　数

老酒的岁数
在沉淀的香气中

竹子的岁数
在外衣的颜色中

山羊的岁数
在头上的角轮中

地球的岁数
在一层层的岩石中

大海的岁数
在一朵朵的浪花中

2018-5-28

温度带

热带
住着火神
亚热带和温带
住着水神
南极和北极
住着冰神

2018-6-2

山前村

车到山前村
导航失了方向
可我并不担心
因为车到山前必有路

2018-6-5

非洲的天空

非洲的天空
是一片
平静的海
大海的阳光区
暮光区和午夜区
在天空一一浮现

2018-6-20

大地的衣裳

春天　百花开放
大地的衣裳是彩色的
夏天　枝繁叶茂
大地的衣裳是绿色的
秋天　黄叶满地
大地的衣裳是暖色的
冬天　白雪皑皑
大地的衣裳是白色的

大地啊大地
你是如此朴素
几亿年了就只有
四件衣裳换来换去

2018–6–22

我 想

从湄洲湾到台湾
只隔了一湾浅浅的海峡
在梦里　我骑着白鲸
游到了阿里山和日月潭

我想拥有一支魔法棒
把彩虹变成跨海大桥
让台湾的小朋友也能
看看祖国的故宫和长城

我想成为一位设计师
设计一条长长的海底隧道
把台湾和大陆连在一起
再也不分离

2018-6-25

地　球

地球很大
大到可以
装下整个世界
江河湖也只是
它的一丝头发

地球很小
小到只是
宇宙中的一粒沙子

地球很大又很小

2018-7-6

梦

妈妈梦见我爬进
狮子的嘴里玩耍
被狮子吞了进去
好在狮子一阵咳嗽
又把我吐了出来
我在地上滚了几滚
安然无恙

妈妈　别担心
在梦里　你一定是
把我当成了调皮的
希尔弗斯坦
跑到狮子的肚子里
去写诗

2018-7-7

时　光

时光掉进
一口井里
只能打捞起
无数的回忆

2018–7–8

妈妈的爱

凤仙花的妈妈
把种子射向远方
是为了让孩子
学会独立

小鹰的妈妈
把孩子推下悬崖
是为了让孩子
学会飞翔

蜜蜂的妈妈
把卵藏在蜗牛壳里
是为了让孩子
不被别的昆虫发现

那你的妈妈呢
是严厉的还是温柔的

但不管她怎么对你
那都是她选择的
爱的方式

2018-7-11

蓝天和乌云

天的这一边
瓦蓝瓦蓝的
天的另一边
乌黑乌黑的
这是蓝天和乌云
在掰手腕
它们掰过来掰过去
谁也不能占上风
于是一场本要下的雨
最终还是没有下下来
而天也没有变得更蓝

2018-7-13

住　所

小鸟住在
鸟巢里

蜜蜂住在
蜂窝里

蚂蚁住在
树洞里

可是动物园的
动物们却住在
围墙里

2018-7-21

粉红色的行李箱

粉红色的行李箱
蜷缩在角落里
我感觉到它
有点伤心
因为它不能
跟着我们
去旅行

2018-8-1

雨　滴

雨打在车窗上
变成了一只只
失去方向的小蝌蚪
它们为了找到妈妈
在不停地游走

2018-8-2

柳浪不闻莺

台风天
黄莺躲在
树丛里
我们听不见
它们的鸣叫
只看见柳条
在风中
翻滚成
层层叠叠的海浪

2018-8-2

灵感在看风景

西湖边
妈妈说
小宝写首诗吧
我说
写不出来
因为这里太美
我的灵感和我一样
在忙着看风景

2018-8-2

西湖的怪

妈妈说
西湖有三怪
长桥不长
孤山不孤
断桥不断
我觉得西湖
还有一怪
就是这里的麻雀
不怕人

2018-8-3

食物和动物

我和阿公
在西湖的花港观鱼处
撒了一些饼干
一条大黑鱼立刻游过来
红鱼们也游过来抢食
就连水鸭都被吸引过来
果然有食物的地方
就有动物

2018-8-3

宁波的老外滩

余姚江和奉化江
在老外滩汇合成甬江
辉煌的灯光黯淡了
天空的星光
妈妈说
这里有酒有音乐有故事
像一个美好的乌托邦
我说
这里有江声有清风有明月
是《诗经》里的乐土乐郊

2018-8-4

蒙娜丽莎

蒙娜丽莎的脸上
有一种
莫名其妙的微笑
有时带着喜悦
有时带着厌恶
有时带着愤怒
有时带着恐惧
她的微笑
是一座
神秘的迷宫
我们找不到
出去的路口
只有达·芬奇的手上
有一张地图

2018-8-7

风的舞蹈

和风跳的是
老人们的广场舞
动作舒缓　轻柔

狂风跳的是
孩子们的自由舞
没有规律　肆无忌惮

龙卷风跳的是
经典的芭蕾
不停地旋转　旋转
旋转

2018-8-20

婴儿的哭声

婴儿的哭声
犹如夏天的
雷阵雨
说来就来
说停就停

2018-9-9

看　到

你能看到的
只是
镜子里的你
水中的你
而不是
现实中的你

2018-9-10

身 高

因为我的身高
我坐在班级的
第六排
其实
我只是
站着比别人高
坐着却比别人低
如果按照
坐着的姿势
排座位
我一定
能排到
前几排

2018-9-11

城　堡

我和爸爸
用了一个上午的时间
在沙滩筑起了一座城堡

游客们惊叹着
纷纷过来合影
一位家长让他的孩子
拿起我的铲子和水桶
摆出正在劳动的样子拍照

2018-10-1

云水谣

白云在
水中游动
那是
水在轻轻地
拨动琴弦

2018-10-2

多彩南靖

红色的香蕉
金色的火参果
黑瓦黄墙的土楼前
蓝色的蜻蜓
衔来一片晚霞

2018-10-2

榕 树

榕树老爷爷的胡须
很长很长

一只丢了鞋带的狼蛛
爬过去剪了八条
系在了自己的鞋子上

2018-10-2

印象最深

妈妈问我
最喜欢南靖的什么
我想了想
虽然
榕树很古老
土楼很奇特
云水谣的传说很美
但是我不想骗妈妈
我印象最深的
却是那里的
排骨饭和牛肉丸

2018-10-3

三年级

三年级了
我觉得
我的齿轮
有点生锈了
我现在需要暂时
摆脱这些题目
出去玩耍
那是我的润滑油

2018-10-11

时间与空间

在美术馆
看到雕塑作品
无所从来
亦无所去

妈妈的解释
我不懂
但是我知道
我们以为的
时间和空间
在多维时空中
只是一个假象

2018-11-6

蓝 调

蓝色的天空突然
下起了一场花雨
只是人们不知道
那些五彩的花瓣
是天使的眼泪

2018-11-6

地球汽车

地球内核的热能
是天然的发电机
我只要给它造
一个方向盘
就可以开着
地球汽车
去宇宙旅行

2018-11-9

许　愿

我向圣诞老人
许了一个愿望
今年的圣诞节
我不要任何礼物
我只希望所有
得了非洲瘟疫的猪
能够快点好起来

2018–11–17

夏夜的星空

满天的星星
一闪一闪的
像一盏盏
接触不良的
灯

2018-12-8

呼吸困难

因为地上长了
太多冒烟的柱子
我们的星球
已经呼吸困难

2018-12-10

阳光

阳光敲打着
我们的车窗
窸窣作响

2018-12-10

白　洞

妈妈对我的爱
如白洞一般
只懂得喷射
给予我
巨大的能量

而我不想成为
一个黑洞
只知道接收
而且心安理得

2018-12-12

土星和子凡

土星让我
想起子凡
手上一直戴着
两个银环
而且走到哪里
都带着
学霸和运动达人的
双重光环

2018-12-13

褐矮星

在浩瀚星空中
我想成为
一颗褐矮星

它低调神秘
隐匿在宇宙中
不轻易被察觉

它温和
没有攻击性
它不需要
带电的喷射物
也不需要
沸腾的等离子体
只需要清风和云朵

在星空中
相对于那些
光芒万丈的恒星
它虽然黯淡
却也能释放
属于自己的光

2018-12-15

读　书

只有两种人
认为读书不难
一种是天才
他们真的觉得
读书不难
还有一种是蠢货
他们根本看不出
读书难在哪里

2018-12-31

第三辑　黄昏的皮影

天空之城

我想设计一座
飘浮在空中的城市
让所有买不起
地面房子的人
都能住在
这座城市里

2019-1-1

膨 胀

恒星越大
寿命越短
就像很多人
膨胀得太厉害了
他的光亮
也就消失了

2019-1-3

弹钢琴

以前一个班里
会弹钢琴的人
寥寥无几
现在一个班里
不会弹钢琴的人
寥寥无几

2019-1-28

典典的画墙

典典画笔一挥
就迅速集合起
海陆空庞大的队伍
他们爬上这面白墙
开始昼夜不息地
狂欢

2019-1-28

唤　醒

沙漠是一个
贪睡的孩子
成群的海鸥
叫不醒他
白色的浪花
喊不醒他
只有大海最机智
他抖抖手臂
水蒸气飞向天空
变成云化作雨
一滴滴浇灌下来
沙漠终于醒了
从此这里成了绿洲

2019-1-29

大海和沙漠

很久以前
这里
一半是
冷清的大海
一半是
荒凉的沙漠
后来人类来了
大海里有了小船
沙漠里有了树木

2019-1-29

烟　囱

许多明星只是
烟囱里的白烟
开始总是争先恐后
继而在空中消失不见

有的明星则是烟囱
一直冒着自己
最独特的青烟

2019–2–1

天才秘籍

数学老师
奖励给我
一本封面印着
“天才秘籍”
几个字的笔记本
有意思的是
我专门用它来
抄被罚的作业

2019-3-26

梦　境

梦境中
蓝天白云
晴空万里
突然
闪电霹雳
雷声轰鸣
我惊醒过来
哦　原来那是
爸爸的呼噜声

2019-4-3

日出印象

勒阿弗尔港口的
雾气弥漫中
莫奈放下
手中的画板
画笔追不上
时间的速度
短印象也无法留住
日出的转瞬即逝
只有让记忆
完成与光的赛跑
才能记录并保存
这场流动的盛宴

2019-5-19

蒙德里安的格子

红黄蓝　黑白灰
蒙德里安的方块里
藏着流动的音乐
每一个格子
都是浮动的琴键
按下不同的音符
就可以组合出
变化万千的旋律

2019-5-24

蒙德里安的树

几棵树
站在夕阳下
静静地聆听
正在燃烧的
天空的绝响

2019-5-24

绿色食品

六一美食节
林老师让我们
带上绿色食品
和同学们分享
于是我们都
默契地带上了
绿色包装的
雪碧　薯片　妙脆角
还有夹着绿色
生菜的汉堡包

2019-5-31

运　动

和篮球高手程希
跑步冠军子凡相比
我也有我擅长的
运动　比如跷跷板
因为我比他们重
所以只要我想
我可以让他们
一直悬在半空中

2019-6-7

优　点

妈妈的优点
就是她总能
发现我的优点

2019–6–7

叛逆期

妈妈问我
叛逆期的时候
会不会不理妈妈
我回答
我会不理叛逆

2019-6-16

泼凉水

每次我
考得好的时候
爸爸总在一旁
泼凉水
但在傣族人的生活里
泼凉水是一种
祝福

2019-6-27

黄昏的皮影

夕阳在
蓝色的银幕上
投下灯光
海浪敲起了锣鼓
一个个皮影
登上舞台
没有了线的牵引
他们在
唱自己的戏曲
演自己的人生

2019-7-1

街舞班

我不想去
小游老师的
幼儿启蒙班
也不想去
小雄老师的
街舞达人班
因为我不想
鹤立鸡群
也不想
鸡立鹤群

2019-7-13

穿山甲

狮子来了
穿山甲卷成一团
狮子摇摇头
走了

老虎来了
穿山甲卷成一团
老虎叹叹气
走了

人来了
穿山甲卷成一团
人笑了笑
抱起它走了

2019-7-13

空 调

天空是一台大空调
遥控器就藏在
春夏秋冬四个孩子的手里

春天和秋天是乖孩子
他们把温度设定成
人们最舒服的状态

夏天是个炸系宝宝
一定要把天地变成
一个大火炉

冬天是个调皮的孩子
他拼命地按制冷键
然后躲在一旁看着
街上的人们裹紧了大衣
还瑟瑟发抖

2019-7-15

世　界

我不知道
我看到的世界
是真实的世界
还是虚幻的世界
我只知道此刻我
正在看着它
这件事是真实的

2019-8-17

山寨字典

预习课文的时候
遇见不懂的字
我会问妈妈
妈妈说
虽然她认的字很多
但是偶尔也会出错
所以我想
她是一本
山寨版的字典

2019-9-7

普罗米修斯

等人类学会
钻木取火时
会笑话
普罗米修斯
很傻　觉得他
盗取火种　受尽酷刑
是自作自受
自讨苦吃

2019-10-20

大与小

图书馆前的
大人很大
小人很小

宇宙里的
世界很大
星球很小

可是
图书馆前的大人
是许多个小人
拼成的

而宇宙也是
无数颗星球
组成的

2019-10-27

相　对

我站在钟楼下
钟楼很大很大
我很小很小

我身体的细胞们说
我很大很大
它们很小很小

一切都是相对的

没有最大的数字
也没有最小的数字

没有最大的宇宙
也没有最小的星球

2019-10-27

光

光
在墙上
弹拨着
乐曲

2019-11-1

第四辑　夜行九鲤湖

夜行九鲤湖

夜包裹着我们
我们看不到
飞流直下
只听见
石泉潺潺

月牙静静地
坐在山头
也在听
山间的
小夜曲

夜空的北斗七星
弯成了勺子的形状
它们和我们一样
想取九鲤湖的
一瓢水来饮

2020-1-2

夜

群星在头顶闪烁
山泉在身旁浅唱
林间的风拂过
岩石的肩膀

2020-1-2

捣乱的哥俩

SARS 从病毒星球
来地球上捣乱
被赶走后
又找来了
他的弟弟
继续捣乱

他的弟弟以为
戴了顶王冠
就能主宰地球
可是他不知道
他还是得丢下王冠
灰溜溜地滚回
他的星球

2020–1–31

数 学

如果没有数学
我们无法测量
公路的长度
也无法比较
大楼的高度

如果没有数学
一场球赛
球员们也许
从满头青丝
打到白发苍苍
也无法分出胜负

2020–2–6

音乐与绘画

音乐是
流动的绘画
绘画是
停止的音符

2020-2-12

幸　运

妈妈说我
嘴角上扬
那是因为
我想到一件
开心的事
那就是
生而为人
而且出生在
我家

2020–2–16

花 钟

我想制作
一面花钟
挂在墙上

半夜
在黑暗中醒来
我不害怕
杨梅花告诉我
它们也醒着

六点开放的龙葵花
是我清晨的闹钟
它们提醒我
该起床了

中午　我邀请
每一朵

盛开的午时花
和我们共进午餐

傍晚　我告诉
紫茉莉
学校里发生的
每一件有趣的事

十点　月亮花
对我说
小朋友　晚安
做个好梦

2020–2–19

风雨雷电

风
呼啦呼啦地
吹着树
雨
噼噼啪啪地
打着鼓
雷
轰隆轰隆地
跺着脚
电
霹雳霹雳地
冲破天

2020-2-21

雾与光

雾以为自己
可以包裹一切
没想到最后
成了光的
囊中之“雾”

2020–2–29

忘　记

汪曾祺说
他的家乡高邮
不只出咸鸭蛋
还出过秦少游
出过王磐
出过王念孙
出过王引之
可他唯独忘了
高邮出了汪曾祺

2020-3-1

泰　山

泰山是测量仪
测出每个人的
精神高度

永不攀登者
只留在原地
踏步

半途而废者
停在了
半山腰

登上山顶者
方可知道
自己的渺小

2020-3-5

高　山

遇见高山
有人选择
等在山脚
只好仰止

遇见高山
也有人选择
站上它的肩膀
看得更远

2020–3–5

有限与无限

我的阳台不大
只有方寸之地

但是　在这里
春天有绿草如茵
夏天有蟋蟀鸣唱
秋天有橙黄橘绿
冬天有玉树琼枝

大自然
把它的一切美好
都搬进了我的阳台

2020-3-6

小王子

圣埃克苏佩里
是小王子
在地球上的化身

他在飞行中失踪
只是从地球回到了
自己的星球

2020-3-8

无力吐槽

妈妈常说
无力吐槽
她以为我不知道
无力吐槽本身
就是一种吐槽
还是吐槽的最高境界

2020-3-23

阳光的脚印

黄绿在山间游走

那是阳光的脚印

2020-3-26

露　营

我和爸爸妈妈
去海边露营
我们一起
在海滩上
看天上的星星
听海浪的歌声
困了就睡在车上
第二天醒来
车上爬满了螃蟹

2020-3-28

孤　独

别的恒星
都有伴星
可是太阳没有
因为它喜欢孤独
并享受孤独

2020-4-3

数　数

我在
落日的
余晖中
跳绳
夕阳帮我
数数
一二三四
五十
一百
五百
一千
数着数着
它自己睡着了

2020-4-17

眼　睛

眼睛是
最好的相机
只有它
才能拍下
事物最真实的
模样

眼睛是
最差的相机
因为它拍下
事物的那刻
已经开始
遗忘

2020-5-9

一辈子

人的一辈子
始于水
而归于土

2020-5-16

人类的错觉

一朵轻飘飘的云
重量可以高达
五百吨

2020-5-16

性　别

如果人类能
像石斑鱼那样
自行调整性别
就不会出现
我们每个班
男生远远多出
女生的问题了

2020-5-16

屏　障

云突然静止
在天马阁前
聚成一道屏障
阻隔了
人间和仙境

2020-6-6

肚　子

我有
无尽的话
想对妈妈说
却没有
无尽的时间
来表达
只好咽回肚子
于是我的肚子
越来越大

2020–6–17

不美好的记忆

不美好的记忆
我要把它
写在水面上
画在云朵上

2020-6-17

分　班

听说五年级
要按成绩分班
于是我的同桌
涛哥提议全班
都交白卷
这样我们就
都在一个班了

2020-6-28

防盗网

为了防盗
人们把自己
关进了笼子

2020-6-30

盲

眼盲的人
被迫关闭了窗户
他们看不见光明
也看不见黑暗

心盲的人
自己放弃了知觉
他们屏蔽了爱
也屏蔽了美好

2020-8-7

长 相

听说人的心念
职业和环境
会塑造人的长相
我真担心长此以往
爸爸的脸
会变成一台电脑
妈妈的脸
会变成一个黑板
而整天刷单词的我
脸上会不会生长出
许许多多的英语字母

2020–8–7

蒲公英

蒲公英用
一辈子的时间
流浪

2020-8-12

迷路的云

很多人
一辈子
都是一朵
迷路的云
飘来飘去
最后飘进了
雾里

2020-8-13

语　速

读英语时
我就像
一只树懒
一个句子
憋了半天
才吐出
几个词

说汉语时
我就是
一条剑鱼
瞬间拥有了
它的速度

2020-9-15

跳绳高手

心脏是一位
跳绳高手
他挥起
九万六千千米
的长绳
从白天到黑夜
跳个不停

2020-9-18

师范院校

师范院校是
太上老君的
炼丹炉
每个老师
都在这里
炼就了
火眼金睛

2020-10-11

焦　点

处于焦点

易被烧焦

2020-12-4

富　翁

拥有
大把时间的
儿童
才是
真正的
富翁

2020-12-25

桃子和核桃

核桃说
我用
坚硬的外表
包裹着
脆弱的心

桃子说
我刚好相反
我柔软的
外表下
有一颗
坚强的心

2021-1-17

懒

很多动物
勤勤恳恳
日夜不停
寻找食物
而人因为懒
从石器时代
一直进化到
人工智能时代

2021–1–22

灵 感

灵感是门客
有人是孟尝君
门庭若市
门客纷纷
前来投奔
有人却是
隔壁阿二
门可罗雀
重金悬赏
却无人问津

2021-1-23

寒 冷

今天的天气
异常寒冷
桌上的橘子
都被冻得
起鸡皮疙瘩了

2021-1-30

归 宿

叶子
落入泥中
滋养大树
这是
叶子的归宿
也是它
对大树母亲
最后的回报

2021-1-31

涵江人的乡愁

涵江人的乡愁
是后街的豆浆炒
是楼下的老字号煎包
涵江人的乡愁
是带着鸡蕉叶香气的盘舍龟
是偶尔能吃出鱼刺的鱼丸

涵江人的乡愁
是清晨市场的烟火气
和夜半街市的灯火通明
涵江人的乡愁
是黄昏天元岩的落日
和东方廿五坎的晚霞

涵江人的乡愁
是实小门口
那棵屹立不倒的老榕树

涵江人的乡愁
是我和子凡、程希
每天路过的四十九级台阶

涵江人的乡愁
我可以写很长很长
但是涵江人的乡愁
其实只有“涵江”这两个字

2021-2-22

林木蔚然

林木蔚然
而我只是
其中的一棵
平凡
却是
独一无二的
一棵

2021-3-12

灵感小屋

诗这个世界
生活着
各种各样的灵感
每个灵感
都盖起了
属于它的
一座小屋
这个世界的
土地越来越少

2021-4-22

蚊　子

人类总是
指责蚊子
到处叮人
不讲武德
其实蚊子
只是想
养育后代

2021-6-7

海市蜃楼

远处的
天马山和九华山
在夜色中
不见了踪影
灯光璀璨的天马阁
悬浮在夜空中

2021-8-11

《莲》

别人跳街舞
都在致敬作者
致敬大神
小何老师跳《莲》
只需要
致敬自己

2021-9-17

天马山

一匹天马
在神仙游过的地方
站成了
一座山

它昂起它的头
好奇地探进云霄
想看看平流层
真实的模样

水声哗哗
是它奔跑的喘息
茂密的树木
是它骄傲的鬃毛

山岚蒸腾　水汽氤氲
是它在吞云吐雾

调皮地蒙住了
我们的视线

2022-2-3

毕　业

阿达老师说
这是我们八班
最后一次
排路队了
好好排　别捣乱
我们都说
这是我们最后一次
捣乱的机会了

2022-6-29